배고프면
밥먹는다

명상의 바다에서 건져 올린 삶의 지혜 5

이규경 명상록

배고프면 밥 먹는다

글 그림 · 이규경 / 펴낸이 · 김인현 / 펴낸곳 · 도서출판 종이거울
2005년 10월 5일 1판 1쇄 인쇄 2005년 10월 20일 1판 1쇄 발행
편집진행 · 이상옥 / 디자인 · 정계수
영업 · 혜국 정필수 / 관리 · 혜관 박성근 / 인쇄 · 동양인쇄(주)
등록 · 2002년 9월 23일 (제19-61호) 주소 · 경기도 안성시 죽산면 용설리 1178-1
전화 · 031-676-8700 / 팩시밀리 · 031-676-8704 / E-mail · cigw0923@hanmail.net

ⓒ 2005, 이규경

ISBN 89-90562-18-X 04810
　　　 89-90223-05-8 (세트)

명상의 바다에서 건져 올린 삶의 지혜 5

배고프면 밥먹는다

이규경 명상록

종이거울

가을이 오는가 봅니다.

아침, 저녁으론 제법 쌀쌀한 기운을 느낍니다.

여름내 매미 소리로 시끄럽던 산은 이제 조용한 적막이 감돕니다.

혼자 천천히 산길을 걷습니다.

이름 모를 꽃과 나무들이 새벽 이슬에 젖어 싱그럽습니다.

안개꽃처럼 무리 지어 피어 있는 작은 들꽃들이 분주히 아침을 맞이합니다.

꽃들은 무슨 생각을 할까?

다가오는 가을을 생각할까?

가을이 오면 지고 말 자신들의 운명을 생각할까?

꽃들은 아무 생각이 없겠지요.

생각이 없으니 누가 밉다고 해도 곱다고 해도
마음 흔들리지 않겠지요.
꽃처럼 살고 싶습니다.
무리 지어 피어 있는 저 꽃들처럼 서로 어깨 맞대며
오순도순 정답게 살고 싶습니다.
누가 밉다고 해도 곱다고 해도 마음 흔들리지 않으며
조용히 웃으며 살고 싶습니다.
스쳐 가는 작은 생각들을 모아 한 권의 책으로 만들었
습니다.
이 짧은 글들이 이 가을 독자 여러분들의 삶에
풍성한 열매가 되었으면 하는 마음 간절합니다.

2005년 9월, 이규경

삶

소금이 들어가지 않은 음식이
맛이 없듯이 ….

눈물이 들어가지 않은 행복은
인생의 맛이 없다.

행복이란 소유하지 않는 보석이다.

어리석은 사람들은 자신의 보석을
스스로 갈고 닦을 생각은 않고,
남이 갈아놓은 반짝이는
보석만 탐낸다.

미운 얼굴은
의사가 고치고

미운 마음은
사랑이 고친다.

운명과 사람

어떤 이는 운명을 자기 가슴에 안고 가면서
그 운명이 무겁다고 하고,
또 어떤 이는 운명을 자기 등에 업고 가면서
그 운명이 무겁다고 한다.

어떤 이는 운명에 끌려가면서
자기 뜻이 아니라고 하고,
또 어떤 이는 운명에 떠밀려가면서
자기 뜻이 아니라고 한다.

털어버리고, 벗어버리고
두 손 탁 놓아버리면 될 것을 가지고….

한 평생 악하게만 살아온 사람이
수도자를 찾아가서 엄숙하게 말했다.

"수도자님, 전 한 평생 나쁜 짓만 하며
인생을 추하게 살았습니다.
그래서 저의 죗값으로 이제 목숨을 끊으려고 합니다.
오직 한 가지 소원은 마지막 죽음만이라도 아름답게 죽
고 싶습니다. 어떻게 하면 좋겠습니까?"

그러자 수도자가 조용히 말했다.
"아, 그래요. 그렇다면 저 하늘의 아름다운
무지개 자락에다 당신의 목을 매달아 죽으시오."

부지런히 돈만 모으는 탐욕과
열심히 힘만 기르는 야심이 있었다.

지나가던 뜬구름이 그들을 보고 물었다.
"당신들은 왜 스스로 도둑과 적을 불러들이려고 하오?"

그러자 탐욕과 야심이 동시에 말했다.
"우리들은 도둑과 적을 불러들이려고 하는 것이 아니
오. 다만 돈을 모으고 힘을 기르는 것뿐이오."

그러자 뜬구름이 웃으며 말했다.
"이봐요. 돈이 있으면 도둑이 넘보고
힘이 있으면 적이 생기는 법이라오."

불행을 모르고 사는 사람은 행복하다.

그러나 진짜 행복한 사람은
불행도 행복도
다 모르고 사는 사람이다.

어떤 이가 거울 가게에 가서 물었다.
"과거와 미래를 볼 수 있는 거울이 있습니까?"

거울 가게 주인은 고개를 흔들며 말했다.
"과거와 미래를 볼 수 있는 거울은 없소.
하지만 저 길거리에 나가 보시오.
지나가는 젊은 사람들이 당신의 과거고
늙은 사람들은 바로 당신의 미래요."

낙원이 있는 곳

낙원이 이 세상에 있다고 믿는 사람은
낙원을 찾아 온 세상을 헤맨다.
낙원이 저 세상에 있다고 믿는 사람은
낙원을 찾아 저 세상으로 떠난다.

그러나 낙원이 자기 마음속에 있다고 믿는 사람은
밖에서 낙원을 찾지 않는다.
그저 늘 즐겁고 고요하게 산다.

눈물

눈물!
비록 마실 수는 없지만 없어서는 안 될 귀한 물이다.

답답한 가슴 시원하게 뚫어주고
얼어붙은 가슴 따뜻하게 녹여주는,

때로는 시원하게 때로는 뜨겁게 쏟아지는
아, 고마운 물.

한 번의 숨 속에도 들숨과 날숨이 있고,
한 번의 톱질에도 밀고 당김이 있다.

또 한 해 속에 봄, 여름, 가을과 겨울이 있고,
짧은 하루 속에 밤과 낮이 있다.

그렇다. 아무리 짧은 삶이라도,
그 삶 속에는 즐거움과 괴로움이 다 들어 있다.

철학자와 불행

어떤 사람이 철학자를 찾아가서 말했다.

"난 내 자신이 늘 불행하다는 생각이 듭니다.

그래서 괴롭습니다."

"그럼, 그 불행하다는 생각을 버리시오."

"그 생각이 내 자신에게서 떠나지 않습니다."

"그래요. 그럼, 그 자신이라는 생각을 버리시오."

죽음과 공포

죽는 순간은 짧다.
그러나 그 죽음을 두려워하는
공포는 평생을 따라 다닌다.

숨쉬어 보니

죽기가 살기보다 어렵다는 말,
숨쉬어 보니 알겠네.

살려고 숨쉬는 것은 쉬운데,
죽으려고 숨 참는 것 정말 어렵네.

학처럼

많은 사람들은 학처럼 오래 살고 싶어한다.
그러나 학처럼
깨끗이 살고 싶어하는 사람은 드물다.

새 한 마리

새 한 마리가 나뭇가지에 앉아
지저귀고 있었다.

슬픈 마음이 그 아래를 지나가며 말했다.
"새가 슬피 우는구나."

또 기쁜 마음이 그 아래를 지나가며 말했다.
"새가 즐겁게 노래 부르는구나."

장사하는 사람은
"일요일 없는 달력이 있었으면 좋겠다."
실업자는
"일요일만 있는 달력이 있었으면 좋겠다."
어린이는
"일 년이 한 달인 달력이 있었으면 좋겠다."
노인은
"날짜 없는 백지 달력이 있었으면 좋겠다."

만족과 얼음덩어리

만족이란 얼음 덩어리와 같은 것.
처음엔 커다랗던 덩어리도
시간이 지날수록 작아져
마침내는 사라져 버리는 것.

스승이 제자를 보고 말했다.

"행복이란 멀리 있는 것이 아니고

가까이 있는 것이란다."

그러자 제자는 사방을 두리번거리며 말했다.

"아무리 살펴보아도 보이지 않는데요."

스승이 큰소리로 말했다.

"이놈아, 네 등뒤에 붙어 있지 않느냐."

(등뒤에 있으므로 마음의 눈인 지혜가 없으면 볼 수 없음)

거울과 정情

내가 웃으면 따라 웃고
내가 울면 따라 우는
거울 같은 정.
보석처럼 빛나는 거울 같은 정.
닦을수록 분명한 거울 같은 정.

적은 한 명이라도 많고
친구는 열 명이라도 적다.

괴로움은 하나라도 많고
즐거움은 열이라도 부족하다.

행, 불행은 부른 것

부르지 않았는데 오는 행복은 없다.
부르지 않았는데 오는 불행도 없다.
저절로 온 것처럼 보이는 행복도
열심히 손짓하고 불렀기 때문이다.
저절로 온 것처럼 보이는 불행도
내 스스로 불러서 달려온 것이다.

촛불은 바람에 꺼지지만
큰불은 바람에 더 잘 타오른다.

작은 사랑은 시련 앞에 사라지지만
큰 사랑은 시련 앞에 더 강해진다.

공처가 남편이 아이들을 데리고 아내의 무덤을 찾았다.

"풀이 너무 자랐구나."

그는 낫을 들고 벌초를 하면서 아이들에게 말했다.

"너희 엄만 생전에 머리에 많은 신경을 썼단다.

그래서 벌초도 이렇게 꼼꼼히 한단다."

그 말에 아이들은 깔깔 웃었다.

그러자 공처가 남편은 깜짝 놀라며 말했다.

"쉿, 떠들면 엄마 깬단다."

튼튼한 팔

한 여자가
튼튼한 팔을 가진 남자를 만났다.
"저 튼튼한 팔이 열심히 일해서
날 잘 먹여 살릴 거야. 아, 너무나 믿음직해."

여자는 그 남자와 서둘러 결혼했다.
여자의 생각대로 튼튼한 팔은
열심히 여자를 먹여 살렸다.
그러나 얼마 못 가 이혼하고 말았다.
그 튼튼한 팔이
여자를 두들겨 패기 시작했던 것이다.

(겉으로 보이는 모든 것은 조심해야 하는 것. 속기 쉽기 때문이다)

엄마가 아들에게 말했다.

"애야, 자랑거리는 호주머니 깊숙이 넣고 다녀야 한단다. 손에 쥐고 까불다간 잃어버리는 수가 있단다."

생각 없이 단순한 개미는
자기 몸의 몇 배나 되는
큰 먹이들을 물어 나르고 있다.

그러나 생각이 많아 복잡한 개미는
작은 먹이 앞에서도 주저앉아 생각부터 한다.
"이 먹이는 무거울 거야.
내 허리가 부러질지 몰라."

사람들은 나이가 들수록 자신의 아름다움이
사라진다고 슬프게 말한다.
그건 자신을 잘 살피지 않았기 때문이다.

나이가 들수록 아름다움이 사라지는 것이 아니라,
아름다움은 자기 내부로 조용히 깊숙이 들어가는 것
이다.
자신의 내부를 잘 살펴보는 사람만 알게 된다.

즐거움의 실체

이 세상에 굵고 긴 즐거움이란 없다.
그런 즐거움을 찾는 것은 어리석은 일이다.
즐거움이란 대개 가늘고 길거나, 굵으면 짧다.

어리석은 남자가 장가를 갔다.
시집 온 아내는
남편을 어린아이 다루듯 했다.

그 모습을 바라본 남자의 어머니가
가슴을 치며 말했다.
"세상에 내가 저 아이를 어른으로
기르는 데 삼십 년이나 걸렸는데,
저 여자가 단숨에 다시
어린아이로 만들어 버리는구나."

괴로움

다리미가 외쳤다.

"일을 하기도 전에 찡그리는 얼굴,
일을 하면서 찡그리는 얼굴,
일을 하고 나서 찡그리는 얼굴,
모두 오세요. 내가 말끔히 펴드릴게요."

길이 먼 까닭

마누라 없이 혼자 길을 가는 사람이 있다.
그가 중얼거렸다.
"이 길이 멀다고 생각되는 건
마누라 없이 나 혼자 걷기 때문일 거야."

못난 마누라와 같이 길을 가는 사람이 있다.
그가 중얼거렸다.
"이 길이 멀다고 생각되는 건
못난 마누라와 같이 가기 때문일 거야."

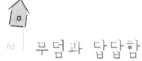

무덤과 답답함

답답한 마음이 이리저리 돌아다니다가
무덤을 발견했다.
"저기 저 무덤 속에 들어가서 한숨 자고 가야겠구나."
답답한 마음이 무덤으로 발길을 돌리자.
무덤이 놀라 소리쳤다.
"큰일났다. 큰일났어. 답답함이 우리한테 온다.
우리가 답답함을 느끼면 큰일이다."

물고기는 입 때문에 사람의 낚시에 걸리고
사람은 입 때문에 운명의 낚시에 걸린다.

머리카락 자르는 것은 아프지 않아도
머리카락 뽑는 것은 아프네.

손발톱 자르는 것은 아프지 않아도
손발톱 밑의 가시는 아프네.

예쁜 새 한 마리 내게로 날아왔다 그냥 날아가버린 뒤
가슴아프지 않았는데,
이름도 모르는 미물곤충에게 정을 주었다가
그만 죽어버리자 가슴아프네.

길을 가다
큰 바위에 부딪친 사람이 말했다.
"이런, 내가 한 눈을 팔았구나."

길을 가다
작은 돌멩이에 걸려 넘어진 사람이 말했다.
"이놈의 돌멩이가 여기 있을 게 뭐람."

같이 있어야

다리 한쪽 부러진 의자는
서로 같이 붙여야만 설 수 있다.

슬픔에 젖은 사람들은
서로 같이 모여 있어야만
그 슬픔을 견딜 수 있다.

중 도 中道 ₍₇₁₎

꽃 피는 것은 다투어 보려 하면서
꽃 지는 것은 보지 않으려 한다.
흥하는 것은 다투어 보려 하면서
오그라지는 것은 보지 않으려 한다.

좋아하는 쪽만 보려 하고
싫어하는 쪽은 보지 않으려 하니,
어떤 사람은 삶이 즐겁다고 말하고
어떤 사람은 삶이 슬프다고 말한다.

고민이란 손금과 같은 것.
자신에게만 있는 것이 아니라
누구에게나 다 있는 것.

다 있지만 저마다
조금씩 다른 것.

웃고 싶은데도 웃지 못하는 괴로움도 있지만
웃기 싫은데도 억지로 웃어야 하는 괴로움도 있다.

하고 싶은데도 하지 못하는 괴로움도 있지만
하기 싫은데도 억지로 해야 하는 괴로움도 있다.

마음대로 다 하지 못함이 괴로움이다.
마음대로 다 되지 않는 것이 인생이다.

마음먹기

부족하다고 생각하면 많이 가져도 부족하고
많다고 생각하면 가난 속에서도 넘치네.

좋다고 생각하면 단점도 좋아 보이고
나쁘다고 생각하면 좋은 점도 나빠 보이네.

생각 뒤집기

가지고 싶은 것 가지지 못할 때
그 이름을 바꿔 부르면 어떨까?

보석을 가지고 싶은 사람은
'보석을 코딱지' 로,

돈을 가지고 싶은 사람은
'돈을 코 푼 종이' 로.

그러면 보석 가진 사람은 '코딱지' 가진 사람이 되고
돈 가진 사람은 '코 푼 종이' 가진 사람이 될 텐데….

같은 바람이라도
여름 바람은 시원하고 겨울 바람은 차다.
같은 웃음이라도
다가오는 웃음은 따뜻하고 돌아서는 웃음은 차다.

불행의 사주팔자

불행이 슬피 울다가 깜빡 잠이 들었다.
잠든 불행 옆으로
행복들이 소리내어 웃으며 지나갔다.
웃음소리에 불행은 그만 잠이 깼다.
불행은 다시 슬피 울기 시작했다.

화분에 핀 꽃이 화분을 보고 싸구려라고 탓하면
화분만 싸구려가 아니고 꽃 자신도 싸구려가 된다.

어항 속의 물고기가 어항을 보고 더럽다고 탓하면
어항만 더럽게 보이는 것이 아니라
고기 자신도 더럽게 된다.

당나귀의 생각

당나귀 두 마리가 똑같은 짐을 등에 지고 가면서
한 마리는 웃고, 한 마리는 운다.
그것을 보고 어떤 이가 당나귀 주인에게 물었다.
"저놈들은 똑같은 짐을 지고 가면서
왜 한 마리는 웃고, 한 마리는 웁니까?"
그러자 주인이 말했다.
"웃는 놈은 등에 진 짐이 자기 것이라 생각하기 때문
이고, 우는 놈은 등에 진 짐이 남의 것이라 생각하기 때
문이지요."

나에게 있는 점이 남에게는 없는 점이라고 생각하면
하찮은 작은 점이 큰 점처럼 여겨진다.

나에게 있는 고민이 남에게는 없는 고민이라고 생각하면
하찮은 작은 고민이 큰 고민처럼 여겨진다.

이기심과 문

인간의 이기심이 담을 쌓을 땐
문을 만들지 않는다.
그래서 남이 안으로 들어오려고 해도
들어올 수 없고,
자기가 밖으로 나가려고 해도
나갈 수 없다. 감옥처럼.

남보다 뛰어난 사람

행복 앞에서 웃는 사람은 평범한 사람이다.
불행 앞에서 우는 사람도 평범한 사람이다.
그러나 행복 앞에서 머리를 숙이고
불행 앞에서 미소짓는 사람은
분명 남보다 뛰어난 사람, 정말 멋진 사람이다.

도움과 생각

내 호주머니 털어 남 도울 때는
남 도왔다는 생각까지 털어버려야 한다.

만약 도왔다는 생각을 털지 못하면 탈이 난다.

형제를 도왔다면 우애가 쪼개지고
아내를 도왔다면 이별이 따르고
친구를 도왔다면 원수가 된다.

모든 화근은 도움에 있는 것이 아니라
도왔다는 생각 속에 있다.

인내심 많은 사람은 감이 익기를 끝까지 기다려
달고 맛있는 감을 먹는다.
그러나 인내심 없는 사람은 감이 익기를 기다리지 못
하고
언제나 떫은 감만 먹는다.
달고 맛있는 감의 참맛을 도저히 알지 못한다.

어떤 이가 성자가 되고자 성자의 길을 따라 걸었다.

성자의 길은 좁고 험했다. 그는 인내하며 그 길을 걸어 나갔다.

그러나 아무도 그를 성자라고 부르지 않았다.

'성자가 걸었던 길을 따라 걷는데, 왜 나를 성자라고 부르지 않을까?'

그때 길옆에서 밭을 갈던 한 농부가 말했다.

"여보시오, 그 길은 맨발로 걸어야 하는 길이오.

당신은 지금 편하게 신발을 신고 걷고 있소."

우산과 욕심

남보다 더 큰 욕심을 갖는다는 것은
남보다 더 큰 우산을 쓰는 것.

비를 피하는 데는 좋으나
바람 앞에는 더 힘드는 것.

배를 타는 사람이 배를 무서워하면
배를 타지 못하고,
외나무다리를 건너는 사람이 외나무다리를 무서워하면
외나무다리를 건너지 못하듯이,
시련을 헤쳐 나갈 사람이 시련을 무서워하면
그 시련을 헤쳐 나가지 못한다.

빈 주머니가 있었다.
빈 주머니는 지나가는 배부른 주머니를 보며
자신의 신세를 한탄했다.
"아, 난 어쩌다가 이렇게 빈 주머니가 되었을까?"
그때 옆에 있던 또 한 주머니가 그의 어깨를 툭툭 치며
말했다.
"네 자신을 한 번 잘 살펴봐, 구멍이 나 있잖아."

게으른 말 한 마리가 서서 꾸벅꾸벅 졸고 있었다.

지나가던 참새 한 마리가 말 등에 날아와 앉으며 물었다.

"넌 참 부지런한 말인가 보구나. 등에 이렇게 상처까지
난 걸 보니 분명 많은 짐을 졌구나."

참새의 물음에 말은 졸린 목소리로 대답했다.

"그 상처는 일을 해서 생긴 상처가 아니야. 게으름을 피
운다고 주인이 때려서 생긴 상처야."

배고프면 밥 먹는다.
찬밥 더운밥 가리지 않고 먹는다.

배부르면 그만이다.
쌀밥에 배부르든 보리밥에 배부르든

가리지 않고 사니
마음 편하다.

욕심 내지 않고 사니
몸도 편하다.

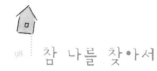

나인 것도 같고 나 아닌 것도 같은 거울 속의 나.
즐거워 웃으며 들여다볼 땐 나인 것 같은데,
슬피 울며 들여다볼 땐 나 아닌 것 같네.

깨끗한 모습으로 들여다보니 정말 나인 것 같은데,
초라한 모습으로 들여다보니 정말 나 아닌 것 같네.
알쏭달쏭 거울 속의 나,
내 속과 겉의 이중성을 말해주고 있네.

도둑의 집에 그만 도둑이 들었다.

도둑은 땅을 치며 엉엉 울었다.

그 모습을 바라보던 도둑의 마누라가 점잖게 말했다.

"잃어버린 물건은 원래 당신 것이 아니었잖아요.

그런데 뭘 그렇게 원통하다고 엉엉 울고 있소?"

그러자 도둑이 울음을 거두며 말했다.

"난 지금 물건을 잃었다고 우는 것이 아니오.

내 자존심을 잃어서 울고 있소."

탄식

서점에 놓여있는 인기 없는 책이 슬프게 탄식했다.
"아, 난 이다음 다시 태어나면 안경으로 태어나고 싶어.
사람들의 눈에서 떠나지 않는 안경으로
태어나고 싶어."

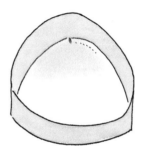

개미 한 마리가 쳇바퀴를 돌며 말했다.

"이 쳇바퀴는 왜 시작과 끝이 없을까?"

쳇바퀴가 대답했다.

"네가 내게 온 것이 시작이고, 네가 내 곁을 떠나는 것
이 끝이야. 시작과 끝은 다 네게 있는 거야."

성전환 수술

남자들처럼 멋지게 턱수염을 기르고 싶어하는 여자가
있었다.
어느 날 그 여자는 의사를 찾아가서 말했다.
"선생님, 저도 남자들처럼 멋지게 턱수염을 기르고 싶
어요. 어떻게 방법이 없을까요?"
의사는 그 여자의 얼굴을 한참 쳐다보다가 말했다.
"그 머리를 떼어서 거꾸로 붙이는 수밖에 없겠소."

철학자가 말했다.

"운명의 열쇠는 자기 손 안에 있습니다.

그러나 정신 빠진 사람들은 그 운명의 열쇠를

다른 데서 찾으려 하지요."

옆에서 듣고 있던 열쇠장수가 맞장구쳤다.

"맞아요. 그래서 사람들은 그 열쇠를 어디 둔 줄도 모르

고 나만 찾아요."

무심한 꽃이 슬퍼 보일 때는
내 마음이 슬프기 때문이고,
무심한 꽃이 외로워 보일 때는
내 마음이 외롭기 때문이다.

아무 생각 없는 무심한 꽃이
볼 때마다 다르게 보이는 것은
내 마음이 그렇게 변하기 때문.

돌고 돈다

서쪽에 지는 해를 보고 슬퍼하지 마라.
동쪽에 달이 떠오른다.
동쪽에 뜨는 해를 보고 기뻐하지 마라.
서쪽에 지는 달이 있다.

작은 사랑은 좋아하는 것만 안을 수 있다.
큰 사랑은 좋아하는 것도 안고 미워하는 것도 안는다.

작은 용서는 용서할 수 있는 것만 용서한다.
큰 용서는 용서할 수 없는 것까지 용서한다.

녹는다

쇠붙이가 불에 녹고 흙덩이는 물에 녹는다.
눈은 햇빛에 녹고
마음 속 고통은 위로에 녹는다.

마음 편한 것이 좋을까?
몸 편한 것이 좋을까?

(답은 이렇게 간단하다)
남편이 좋아야 좋은 부부일까?
아내가 좋아야 좋은 부부일까?

무서운 것

세상에서 제일 무서운 것은
보이지 않고 잡히지 않는 것이다.

보이지 않는 바람이
산을 깎아 내리고
잡히지 않는 마음이
자신을 괴롭힌다.

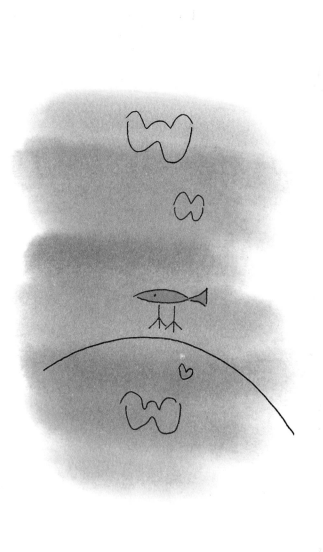

하늘만 쳐다보는 호수는
구름이 하늘에 높이, 멀리 있다고 말한다.

자신을 들여다보는 호수는
구름이 자기 속에 아주 가까이 있다고 말한다.

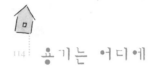

직업을 잃어 괴로운 남편이
술을 마시며 중얼거리고 있었다.
"아, 내 용기. 내 용기는 다 어디로 갔을까?"
옆에서 지켜보던 아내가 말했다.
"어딜 가긴요. 술에 취해 지금 자고 있잖아요."

저 세상보다는
이 세상이 더 슬픈가 보다.
죽은 사람은 울지 않는데,
산 사람이 저렇게 우는 걸 보면.

만족한 음을 찾아 헤매는 음악가가 있었다.
그는 세상의 모든 악기들을 두들기고 퉁기고 불어봤지만
끝내 만족한 음을 찾지 못했다.

어느 날 한 거지가 찾아와 그에게 먹을 것을 구걸했다.
불쌍하게 생각한 그는
그 거지에게 맛있는 음식을 가득 대접하였다.
음식을 잔뜩 먹은 거지는 모처럼 부른 배를 두드리며
콧노래를 흥얼거렸다.
그 소리를 들은 음악가가 외쳤다.
"야, 바로 이 소리야. 이제야 만족한 음을 찾아냈다."

행복

담

사람들은 담을 쌓는다.
저마다 높게 담을 쌓는다.

바람을 막는다며 햇빛도 막고
짐승을 피한다며 사람의 정도 피하고
도둑을 막는다며 이웃과 친지도 막는다.

그리고는 그 속에 갇혀
세상이 어둡고 외롭다고 울고 있다.

'나' 라는 생각을 '우리' 라는 생각으로 바꾸면
잘나고 못남이 없어지고, 좋고 나쁨이 없어지고,
있고 없음이 없어지고, 옳고 그름이 없어진다.

'나' 라는 생각을 '우리' 라는 생각으로 바꾸면
마음이 넓어진다. 세상이 넓어진다.

쓸쓸하다

나무 없는 빈 산 쓸쓸하고
고기 없는 빈 강 쓸쓸하다.
소 없는 외양간 쓸쓸하고
개 없는 개집 쓸쓸하다.
그리고 정 없는 세상 쓸쓸하고
사랑 없는 빈 가슴 쓸쓸하다.

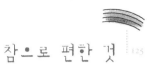

악어가죽 벗어 던진 악어 한 마리가
풀밭에 드러누워 코를 골며 잠을 잔다.
더 이상 가죽사냥꾼에게 쫓길 일 없는 악어가
세상 편하게 잠을 잔다.

마치 욕심을 훌훌 벗어 던진 사람이
괴로움 없이 세상을 살아가듯이….

가난의 고통에서 벗어나지 못하고 괴로워하는 사람이
점쟁이를 찾아갔다.
"언제쯤 이 가난의 고통에서 벗어날 수 있을까요?"
"아, 십 년 뒤면 벗어날 수 있겠군요."

점쟁이의 말을 들은 그는 반가워서 물었다.
"그럼 그 이후는 부자로 잘살 수 있을까요?"
그러자 점쟁이가 말했다.
"아니오, 그때쯤이면 그 고통에 익숙해져서
고통을 못 느끼게 될 거요."

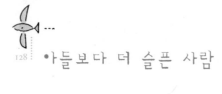

아들보다 더 슬픈 사람

한 사람이 죽었다.
그의 아들이 땅을 치며 통곡했다.
통곡하는 아들의 모습에
사람들은 눈물을 흘리며 같이 슬퍼했다.

그런데 자세히 보니
그 아들 옆에서
시체를 치며 통곡하는 또 한 사람이 있었다.
사람들이 궁금해서 물었다.
"당신은 도대체 누구십니까?"
그가 말했다.
"난 이 죽은 사람에게 돈을 빌려준 사람이오."

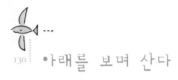

턱에 혹이 난 사람이 유명한 도사님을 찾아갔다.
"도사님, 이 턱의 혹 때문에 몹시 괴롭습니다.
어떻게 하면 좋겠습니까?"
"떼어버리시오."
"뗄 수도 없습니다. 떼면 저는 죽습니다."
그러자 한참을 생각하던 도사님이 말했다.
"그럼 혹 둘 난 사람을 찾으시오.
그러면 당신의 괴로움이 사라질 거요."

남편이 아내와 함께 처갓집을 갔다.
아내는 먼저 뛰어들어가 남편을 보고 소릴 질렀다.
"아니, 빨리 들어오지 않고 뭘 꾸물거려요."

일을 본 뒤 부부가 처갓집을 나왔다.
남편이 먼저 뛰어나와
꾸물거리는 아내를 보고 소릴 질렀다.
"아, 빨리 나오지 않고 뭣해."

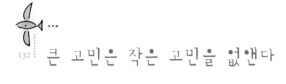

큰 고민은 작은 고민을 없앤다

남의 고민을 하는 사람은
자기 고민은 하지 않는다.
(자기 고민할 시간이 없기 때문)

자기 고민하는 사람은
남의 고민은 하지 못한다.
(남의 고민할 시간이 없기 때문)

그렇다. 고민할 바에는 남을 위한 고민,
세상을 위한 큰 고민을 하고 살자.
(남의 고민하면 자기의 고민은 저절로 사라진다. 큰 고민을 하면 작은 고민은 저절로 없어진다.)

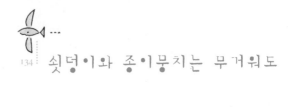

쇳덩이에 발 묶인 사람은
자신이 묶였다고 말한다.
금덩이에 발 묶인 사람은
자신이 묶였다고 말하지 않는다.

헌 종이뭉치 짊어지고 가는 사람은
무겁다고 말해도
돈 짊어지고 가는 사람은
무겁다고 말하지 않는다.

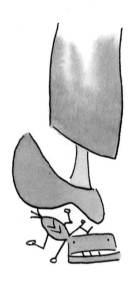

가진 것 없는 바퀴벌레가 혼자 중얼거렸다.
"난 아무것도 가진 것이 없어,
하지만 내 몸만은 내 것이야."

그때, 누군가가 지나가면서
엎드려 눈감고 있는 바퀴벌레를 밟아버렸다.
바퀴벌레는 숨이 넘어가면서 말했다.
"아, 내 몸도 내 것이 아니구나."

내 마음, 내 몸 안에 있어
몸 흔들릴 때마다
마음도 따라 흔들린다.

내 몸 불편할 때 마음도 따라 불편했고
내 몸 괴로울 때 마음도 따라 괴로웠다.
그러나
지금 내 마음 이렇게 허공처럼 텅 비어 자유로우니
웬 일인지 둘 다 편안하다.

〈날씨〉
하늘에 먹구름이 일더니 번개가 번쩍,
천둥소리 요란하더니 곧 비가 내린다.
청개구리들 시끄럽게 울기 시작한다.

〈부부〉
부부싸움 일더니 두 눈에 불이 번쩍,
고함소리 요란하더니 곧 그릇 깨진다.
아이들 시끄럽게 울기 시작한다.

돈과 사랑은 괴로움의 원천

돈을 음식이라고 생각하면 너무 맛있는 음식이다.

돈 없는 사람은 맛있는 그 돈 맛보지 못해서 괴롭고
돈 있는 사람은 맛있는 그 돈 남에게 빼앗길까 괴롭다.

사랑을 음식이라고 생각하면 너무 맛있는 음식이다.

사랑 없는 사람은 맛있는 그 사랑 맛보지 못해서 괴롭고
사랑 있는 사람은 맛있는 그 사랑 남에게 빼앗길까 괴
롭다.

사는 것이 재미있다고 생각하는 사람은
인생을 가늘고 길게 살고 싶어한다.

사는 것이 재미없다고 생각하는 사람은
인생을 굵고 짧게 살고 싶어한다.

그러나 사는 것은 재미가 아니라
공부라고 생각하는 사람은
가늘고 긴 연필이나 굵고 짧은 연필이나
상관하지 않는다.

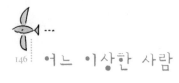

아픔은 잘 참지만
즐거움은 잘 참지 못한다.

아픔에는 입을 다물지만
즐거움에는 입을 다물지 못한다.

가난은 잘 참지만
부귀는 잘 참지 못한다.
가난에는 몸을 눕힐 수 있지만
부귀에는 몸을 눕히지 못한다.

살짝 기울어진 담장
사람들이 와서 들여다보고 걱정하네.
많이 기울어진 담장
무너지면 다칠까 봐 피해 다니네.

화가 조금난 사람
사람들이 달래려고 다가가네.
화가 많이 난 사람
사람들이 다칠까 봐 피해버리네.

있는 것에 만족하는 것이 행복이다.
적어도 많다고 생각하는 것이 행복이다.

없는 것을 찾아 헤매는 것이 불행이다.
많아도 적다고 생각하는 것이 불행이다.

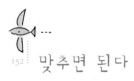

맞추면 된다

손가락 네 개라고 부끄러워 말자.
손가락 여섯 개라고 부끄러워 말자.
네 개와 여섯 개가 만나면 열이 되니까.

남 가진 것을 못 가졌다고
남 가지지 않는 것을 가졌다고 부끄러워 말자.
서로 짝 맞추면 되니까.

괴로움이란 점과 같다.

누구나 다 가지고 있다.

어떤 이는 손에 점이 있고

어떤 이는 가슴에 점이 있다.

손에 있는 점이야 남들이 볼 수 있지만

가슴에 있는 점은 옷에 가려 볼 수 없다.

있던 점이 사라지고 없던 점이 생기기도 하듯이,

있던 괴로움이 사라지고 없던 괴로움이 생기기도 한다.

내게만 점이 있다고 부끄러워하지 말자.

내게만 괴로움이 있다고 슬퍼하지 말자.

우스워서

참을 수 없이 화가 나기에
가슴을 열고 그 안을 들여다봤다.
분노란 놈이 저 혼자서 괜히 씩씩거리고 있다.
그 모습이 하도 우스워서 나는 그만 픽 웃고 말았다.

빈 병 하나가 물 속에 빠졌다.

물고기 한 마리가 빈 병을 보고 말했다.

"술병이 빠졌군."

그러자 옆에 있던 다른 물고기가 말했다.

"아니야, 이건 약병이야."

"아니야 술병이야."

"아니야 약병이라니까."

물고기 두 마리가 서로 다투었다.

그 모습을 가만히 지켜보던 늙은 물고기가 말했다.

"애들아, 술이 약이란다. 괴로울 때는 술이 약이 될 수
도 있지."

두 친구가 오랜만에 만났다.

한 친구가 말했다.

"자넨 고생이 심했나 봐. 나이보다 십 년은 더 늙어 보
이네."

그 말을 들은 친구가 반색을 하며 말했다.

"그래, 그렇다면 앞으로 십 년은 편히 살겠군.
난 늘 내가 늙어간다는 생각에 괴로워했거든."

버릴 것이 없다니

한 거지가 도사님을 찾아가서 말했다.
"도사님께선 버리는 즐거움이 있다고 말했습니다.
하지만 저는 아무것도 가진 것이 없어 그 버리는
즐거움을 알지 못합니다."
그러자 도사님이 말했다.
"당신이 차고 다니는 그 깡통을 버리시오.
그러면 더 이상 구걸할 일도 없을 것이오."

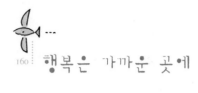

행복은 가까운 곳에

사람들은 달이 하늘에 있다고 높은 하늘만 쳐다보네.
자기 발 밑 물웅덩이에도 달은 있는데.
자신의 발 밑은 보려하지 않고
높은 하늘만 마냥 쳐다보네.
행복이 가까이 있는데도
자꾸 먼 곳만 바라보듯이.

칼과 돈은 쓰기 나름

칼이 무서운 것이 아니다.
칼을 잡은 사람의 마음이 무섭다.
마음 착한 사람은 그 칼로 과일을 깎고
마음 나쁜 사람은 그 칼로 강도 짓을 한다.

돈이 무서운 것이 아니다.
돈을 가진 사람의 마음이 무섭다.
어떤 이는 그 돈을 좋은 데 쓰고
어떤 이는 그 돈을 나쁜 데 쓴다.

적막하던 앞마당에
작은 새 한 마리가 날아와 지저귄다.
적막하던 앞마당이 갑자기 생기를 찾는다.
즐거워진다.

잠시 후 즐겁게 지저귀던 새는 무심히 날아가고
마당은 다시 적막으로 빠져들었다.

그렇다. 허무보다 더 허무한 것은
즐거움 뒤에 오는 허무다.

내 고민 부끄럽다고

그 고민을 가슴속에 가두지 말자.

갇힌 고민은 답답하다고 더 시끄럽게 굴 것이다.

가슴을 열어놓아 제멋대로 들어왔다 나갔다 하도록 내

버려두자.

들락날락 하던 고민은 스스로 사라질 것이다.

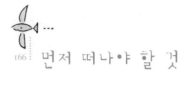

생각하기도 싫은 생각들이
내 머릿속을 떠나지 않을 때는
떠나라, 떠나라 해도 떠나지 않는다.
줄곧 떠나지 않고 나를 괴롭힐 때는
내 생각이 머릿속을 떠날 수밖에.
내 생각이 머릿속을 떠나서
나를 잊을 수밖에, 깡그리 잊을 수밖에.

식칼 있으면 도마 있고
숟가락 있으면 젓가락 있다.
즐거움 있으면 허무가 있고
편안함 있으면 무료함 있다.

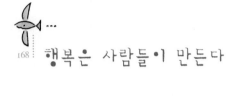

행복은 사람들이 만든다

웃는 얼굴은 보기 좋고
찡그린 얼굴은 보기 싫다.
사람들은 보기 좋은 것을 따르고
보기 싫은 것은 외면한다.
그래서 웃는 사람에게는 사람이 따르고
찡그린 사람에게는 사람이 따르지 않는다.
행복이란 알고 보면
사람들 속에서 생겨나는 것이다.
사람들이 만들어 내는 것이다.

마음이란 거울 같아서
사물을 앞에 두면
그 사물이 와 담긴다.

꽃을 앞에 두면 꽃이 담기고
쓰레기를 앞에 두면
쓰레기가 담긴다.

미운 사람을 앞에 두고
밉다, 밉다, 말하지 말자.
거울 돌리면 즉시에 사라진다.

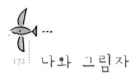

나와 그림자

내가 일어서니 그림자도 따라 일어서고
내가 앉으니 그림자도 따라 앉네.
내가 춤추니 그림자도 따라 춤추고
내가 고개 숙이니 그림자도 따라 고개 숙이네.

행복과 불행이란?
마치 그림자 같은 것이 아닐까.
내 움직임에 따라 그림자가 나타나니까.

손끝에 작은 가시 하나만 박혀도 괴롭다.
굵은 못에 찔려도 괴롭지만 작은 가시에 찔려도 괴롭다.
못에 찔린 사람이 가시에 찔린 사람을 보고
'그까짓 것 뭐가 괴로워' 라고 말하는 것은
자기 괴로움만 말하는 사람이다.

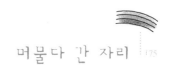

새가 머물다 간 자리엔
깃털이 떨어져 있고,
고기가 머물다 간 자리엔
비늘이 떨어져 있네.

즐거움이 머물다 간 자리엔
허전함이 남아 있고,
괴로움이 머물다 간 자리엔
편안함이 남아 있네.

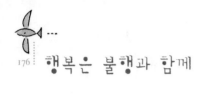

행복은 불행과 함께

아름다운 칠색조는 무척 행복했다.

모든 새들이 자기를 쳐다보며 부러워했다.

한 번이라도 더 보려고 많은 새들이 가까이 몰려들었다.

칠색조는 이렇게 생각했다.

'아름답다는 것은 정말 신나고 좋은 일이다.

행복한 일이다.'

사냥꾼이 숨어서 엿보는 줄도 모르면서….

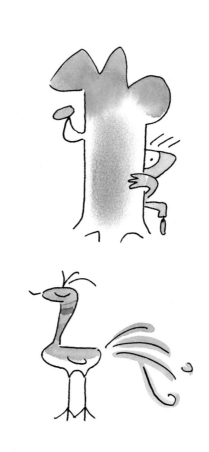

방에 썩는 냄새가 나는 것은
방 어딘가에 썩는 물건이 있기 때문이다.
썩는 냄새가 난다고 코만 막지 말고
썩는 물건을 찾아내 버려야 한다.

괴로움도 마찬가지다.
외면한다고 괴로움이 사라지는 것이 아니다.
괴로움을 일으키는 원인을 찾아 없애야 한다.

좋아서 웃는 웃음도
쉬지 않고 웃으면 배가 아프고
좋아서 추는 춤도
쉬지 않고 추면 다리가 아프다.

무슨 일이든 적당히 하고 쉬어야 한다.
뭐든지 쉴 줄 모르면
아무리 좋은 즐거움도 괴로움으로 변한다.

추울 때 고맙던 난로가 더울 때는 귀찮네.
더울 때 고맙던 선풍기가 추워지니 귀찮네.
오늘만 보고 어제를 보지 않고
오늘만 보고 내일을 보지 않으니,
좋던 것도 귀찮네.

어제도 보고 오늘도 보고
내일도 본다면
모든 것이 다 고마울 걸.

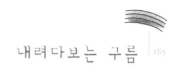
구름이 생각을 한다면
가뭄으로 메마른 들판 위를 그냥 지나치지 않겠지.
구름이 생각을 한다면
홍수 진 들판 위에 또 비를 내리지는 않겠지.

구름이 생각을 한다면
가난한 사람들을 외면하는 부자를 보고
저만 아는 인간이라 욕하겠지.
구름이 생각을 한다면
가난한 사람들을 울리는 부자들을 보고
나쁜 인간이라 욕하겠지.

멀리서 보자

높고 먼 곳에서 보면 모든 것이 다 작게 보인다.
내가 사는 집도 내가 걷는 길도,
내가 타고 다니는 차들도 조그만 장난감처럼 보인다.
가까이서는 크다고 생각했던 것들이 하찮고 우습게 보
인다.

내 마음에 있는 괴로움도 멀리 한번 떨어져서 바라보자.

재수 좋은 날

어떤 이가 길을 가다가 돈을 주웠다.

돈 한푼 없이 먼길을 터벅터벅 걸어서 가던 터라 뛸 듯
이 기뻤다.

목이 몹시 말랐던 그는 얼른 가게로 뛰어가서 마실 것
한 병을 샀다.

그리고 거스름 잔돈은 호주머니에 단단히 넣어 두었다.

그런데 집에 와서 보니 그 돈이 모두 없어졌다.

아무리 찾아도 없다. 호주머니에 구멍이 났던 것이다.

그는 잃어버린 돈이 아까워서

밤새 잠을 어루지 못했다.

괴로움이란 이런 것이다.

자기가 끌고 온 것이다.

그가 현명했다면 이렇게 생각했겠지.

"난 오늘 무척 재수 좋은 날이었어,

공짜로 시원한 음료수 한 병을 마셨거든."

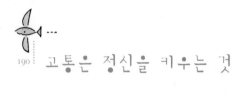

고통은 정신을 키우는 것

가는 길이 평탄할 때는 작은 어려움도 귀찮고 괴롭네.
바람 불어 머리카락 날리는 것도, 눈에 먼지 들어오는
것도 괴롭네.
센 바람 몰아치는 험한 길에서는 아무것도 아닌 것들이,
편안하고 한가하니 오히려 작은 것에도 짜증스럽네.

가을에 가을을 생각하는 사람은
고민 없이 사는 행복한 사람.
가을에 가을을 생각하지 않고
다가올 겨울을 생각하는 사람은
사서 고민하는 불행한 사람.

봄에 봄을 생각하는 사람은
고민 없이 사는 행복한 사람.
봄에 봄을 생각하지 않고
다가올 여름을 생각하는 사람은
사서 고민하는 불행한 사람.

조용한 밤에는

여닫는 문소리도 크게 들린다.
물 흐르는 소리도 크게 들리고,
발자국 소리도 크게 들리고,
소곤대는 소리도 크게 들리고….

시끄러운 낮에는 들리지 않던 소리들이
조용한 밤이 되면 다 들리듯이,
삶이 편해지면 별 것 아닌 것들이
다 고민으로 나타난다.

구멍난 양말을 신은 두 사람이 있다.

한 사람은 구멍난 양말이 부끄러워 자꾸 발을 감춘다.

또 한 사람은 아무렇지도 않은 듯 태연하다.

그렇다.

자꾸 발을 감추는 사람은 양말을 의식하기 때문이고,

아무렇지도 않게 행동하는 사람은 양말을 의식하지 않

기 때문이다.

괴로움도 이와 같다.

괴롭다, 괴롭다. 생각하면 더 괴로워진다.

생각을 벗어 던지면 아무것도 아닌데.

고통은 이론이 아니다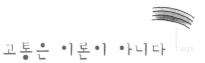

어떤 이가 말 잘하는 철학자를 찾아가서 물었다.

"고통에 대해서 물어봐도 되겠습니까?"

철학자가 자신 있다는 듯이 고개를 끄덕이자,

그는 갑자기 달려들어 철학자의 다리를 사정없이 물었다.

철학자는 아픈 다리를 끌어안고 화를 버럭 내며 소릴 내질렀다.

"아니, 이게 무슨 미친 짓이야?"

"죄송합니다. 사람의 고통은 말로 다할 수 없는 체험이라기에."

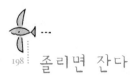

졸리면 잔다

졸리면 잔다.
아무 생각 없이 잔다.

생각 없으니
꿈이 없고

꿈이 없으니
정신이 맑다.

무심히 떠가는 흰구름처럼
그렇게 산다.

1. 참 자기와 명상

사람에게는 자기가 둘 있다. 참 자기와 거짓 자기다. 욕망과 화냄과 어리석음으로 만들어진 자기는 거짓 자기, 껍데기 자기이고, 이 세 가지를 떠난 자기는 참 자기다. 누구나 이 거짓 자기에 한번 휘둘리기 시작하면 여간해서는 헤어나올 길이 없다. 일생동안 그 늪에 빠져 온갖 고생을 다 겪는다. 비유하자면 물에 빠진 날파리와 같다고나 할까. 언젠가 날파리 한 마리가 구정물에 빠져 허우적거리는 것을 가만히 지켜본 적이 있다. 어쩌면 우리 인간들도 저와 같이 세 가지 구정물의 거짓 자기에 빠져 평생을 허우적거리는 것은 아닌지, 그렇다면 과연 우리 인간의 삶이 저 미물인 날파리의 삶과 무엇이 다르다고 할 것인가?

명상은 이러한 거짓 자기의 허무에서 벗어나 참 자기를 찾는 길이며, 또한 거짓 자기가 없는 진실한 세계다. 그래서 명상은 안심입명(安心立命)이다. 마음이 편하고 기쁘다. 예컨대 명상은 애지중지 아끼고 좋아하던 물건을 잃어버렸다가 되찾았을 때처럼 더없이 반갑고 소중하다.

참 자기인 명상의 세계는 아무런 걱정과 고통이 없는 지극히 안락한 세계라 할 수 있고, 또한 맑은 물 같고 밝은 거울 같은 세계여서 언제나 투명하다. 투명한 그곳에는 이기심이

없고, 대립과 갈등, 탐욕과 투쟁, 분노와 무지에서 오는 어리
석은 고집도 없다. 그런 것이 발붙일 수가 없다.

2. 명상과 웰빙족

투명한 명상의 세계에서 솟아나는 생각들은 모두가 다
지혜다. 그러므로 따로 지혜를 찾거나 구할 일도 없어진다.
오직 그것으로 살고 그것으로 기뻐하고 그것으로 양식을 삼
는다면, 인간은 목이 아프도록 협력을 강조하고 따로 평화를
부르짖지 않아도 된다. 자유와 행복 등 인간이 염원하는 가치
를 다른 곳에서 찾아 헤맬 필요가 아예 없다. 그래서 오늘날
현대인들에게 명상은 새로운 미래문명의 발상지로 떠오르고
있으며, 또한 더불어 살아야 하는 미래문명공동체의 토대와
인간 삶의 근본원리로 차츰 자리매김 해가고 있다.

또 명상은 잘못된 생각[인간성 상실로 인한 모든 정신질환]
으로 이미 병이 깊은 사람들에게는 기사회생의 신약(新藥)이
되고 있다. 정도의 차이는 있어도 인간 누구나 가지고 있는
병[三毒-貪嗔癡]을 치유할 수 있는 이 신약의 놀라운 힘은 모
두 자기자신 안에서 흘러나온다. 안심입명(安心立命)의 자성
(自性)에서 솟아나는 묘약(妙藥)이기에 결코 밖에서 들어오지
못한다. 이 사실은 너무나 명백한 천고(千古)의 도리(道理)이자
만고(萬古)의 법칙(法則)이다.

하나라도 더하거나 뺄 것도 없는, 본래 있는 그대로의 진
실[本地風光]이다. 그러므로 명상은 현대인들이 즐겨 말하고

찾고 있는 진정한 '웰빙'이며, '열린 마음'이고, '웰빙족'이
반드시 갖추어야 할 으뜸자격이며 자랑할 보물이다.

3. 웰빙의 참 뜻

'웰빙(well-being)'이란 말은 미국의 저명한 정신분석학
자이며 사회심리학자인 에리히 프롬(1900-1980)이 그의 저서
『존재냐, 소유냐』에서 처음 사용했고, 그는 철학적인 바탕에
서 현대인들에게 웰빙적인 삶을 강조했다. 그는 웰빙을 '인간
이나 사물의 궁극적 실재(實在)에 이성의 충분한 발달로 도달
되는 평안한 상태'라고도 했고, 또 '소유의 가치를 완전히 떠
난 존재의 지극히 평안한 상태'라고도 했다. 그런데 지금 우
리는 어떤가? 오늘날 우리 한국 사회에서는 물질적인 풍요를
누리며 보다 탐욕스런 오욕락을 쫓는 것을 웰빙이라 말하고
들 있는 것은 아닌지, 그렇다면 웰빙을 크게 오용(誤用)하고
있는 것은 아닐까?

이에 철학적인 웰빙의 본뜻을 오늘의 현실에 되살리는
것이 우리 모두의 인간정신을 바로 세우는 일이라 생각하여,
여기서는 쉽고 직접적인 방법, 즉 명상의 직관(直觀)으로 웰빙
을 찾아가기로 한다. 왜냐하면 거기에는 보다 더 절실한 이유
가 깃들어 있기 때문이다.

인류는 그동안 지역에 따라 다소의 차이는 있어도 원시
수렵사회, 유목사회, 농업사회, 산업사회를 거쳐 지금은 이른
바 지식정보화사회에 살고 있다. 이 지식정보화사회에 살고

있는 현대인을 '도시유목민' 또는 '신유목민' 이라고도 일컫고 있다. 이들 '신유목민' 에게는 옛날 유목민들의 필수품이던 말[速度]이나 능력[實用]이나 정보 대신, '핸드폰' 과 '컴퓨터' 와 '열린 마음' 이 필수품이다. 신유목민의 이 세 가지 필수품 중에서 가장 중요한 것은 '열린 마음(open mind)' 일 것이다.

4. 웰빙족과 '열린 마음'

현대의 신유목민들, 그 누구나 피하거나 돌아갈 수 없는 오늘의 지식정보화시대, 그러나 현실은 거짓 자기의 범람으로 인해 지독한 이기주의가 장마철 독버섯처럼 무성하게 자라고, 힘을 앞세운 국가 이익의 추구는 인간 미덕의 상징인 협력을 외면한 채 무한경쟁을 불러왔다. 그 결과 지구생태환경의 혹심한 파괴로 말미암아 인간 생존의 근본토대인 땅은 무거운 병으로 신음하고 있다. 그 위에 얹혀 살고 있는 인간은 자신도 모르는 사이 자꾸만 커다란 위험으로 내몰리고 있다. 즉 현대문명이 안고 있는 수많은 모순이 인간 생존을 시시각각 위협하고 있는 것이다. 이런 절박한 위기의 한계상황은 전적으로 인간 자신이 초래한 결과다.

이 절체절명의 한계상황에서 인류가 가진 유일한 희망은 무엇일까? '열린 마음' 일 것이다! 그러므로 이제는 누구나 명상을 통해 '열린 마음' 의 참 자기로 살아야 할 때가 지구의 위기와 함께 다가왔다. 현재 우리 인류는 위기와 기회를 동시에 맞이한 셈이다. 여기서 피하면 다른 길이 없다. 그러므로 위기는 위기로 보아야 하고 기회는 철저하게 기회로 삼아야 한다. 원하든 원하지 않든 개인의 의사를 떠나 도저히 거부할 수 없는 이 시대의 숨가쁜 상황이 벌어지고 있다.

이런 상황에서 현대인들은 정확하고 솔직하게 이 상황을 직시하여, 위기는 인정하되 기회는 살리도록 노력해야 할 것이다. 모든 종족과 다양한 직종, 고고하고 엄격한 종교를 비롯한 모든 차별과 한계를 한 달음에 훌쩍 뛰어넘어 자신과 가족의 생존, 그것만을 위해서라도 이제는 더 머뭇거리지 말고 너도나도 '열린 마음'의 주인공이 되어야 하리라.

5. 웰빙족을 위하여

그래서 이 시리즈는 웰빙의 본래 뜻에 따라 현대인들에게 오직 인간정신의 자각(自覺)을 통한 '열린 마음'을 갖게 하고자 펴내는 말하자면, '신유목민'의 교과서다. 지식정보화 시대의 '신유목민'으로서 진정한 '웰빙족'은 명상을 통한 '열린 마음'을 그 자격으로 해야 하며, 또한 자격 갖춘 그들의 출현을 위해서 출간하는 이 책들이 명실공히 '웰빙족 시리즈'다.

이러한 '웰빙족 시리즈'는 병든 사람들을 치료하는 양약(良藥) 제조창과 같다. 이 양약은 누구나 마음놓고 먹기만 하면 자신의 병을 완치할 수 있다. 현대인들의 여러 가지 병은 모두 거짓 자기에 휘둘려서 생긴 것이다. 그 거짓 자기는 아주 교묘하여 자신이 속고 있으면서도 속는 줄을 전혀 모른다. 왜냐하면 자신의 내부에 깊숙이 감추어져 있기 때문이다. 그래서 너도나도 잘도 속아 넘어 가는 데, '배운 사람·못 배운 사람·가진 사람·못 가진 사람' 등등, 그 누구를 막론하고 속는 데는 하등의 차이도 없다.

곰곰이 지나온 인간 역사를 돌아보아도 그동안 인류는 너나없이 자신의 거짓 자기에게 줄곧 속아만 살아왔다. 정말 속을 만큼 속았기에 이제는 더 이상 속지 않아도 된다는 생각이 자꾸 든다. 이것은 비단 몇몇 사람들의 생각만은 아닌 것 같다.

사실 오늘날 지식정보화사회의 현대인들 거의가 자신에게 속아 살고 있다고 해도 과언이 아닐 것 같다. 즉 병이 들어 골수에 이르렀어도 자신이 병든 줄 모르고 있다는 말이다. 이러한 인간의 허상을 알고 보면 참으로 답답한 노릇이고 한심하기 그지없는 인생살이다. 그렇다고 인생을 포기할 수도 없다. 그러므로 명상이라는 이 신약을 복용하여 거짓 자기의 고질병을 얼른 벗어나 건강한 사람, 진정한 웰빙족이 되어야 한다. 바야흐르 인간 누구나 명상이라는 양약을 복용하지 않을래야 않을 수 없는 시대적인 한계에 이르렀다는 생각이 좀처럼 수그러들지 않는다.

지금까지 수없이 속아온 경험으로 보거나 그 아픔으로 보아 차마 억울하고 분해서도 이제부터는 과감하게 거짓 자기에서 벗어나 참 자기로 돌아갈 결심을 해야 한다. 아니, 차일피일 더 늦기 전에 모질고 독한 결심을 해야 하리라!

그래서 참 자기의 주인공인 진정한 웰빙족(族)이 되는

것, 그것만이 우리들 각자의 희망이자 인류의 마지막 등불이라는 것, 이 엄연하고 놀라운 사실을 직시하자는 것이 바로 이 명상시리즈의 진정한 의미인 것을 다시 천명한다. 그래서 '명상의 바다에서 건져 올린 삶의 지혜'의 '열린 마음'으로 진정한 '웰빙족'의 인생을 살아가자는 것이다.

1. 명상이란 말

요즘 우리 사회에 명상처럼 자주 쓰이는 말은 그리 많지 않을 것이다. 그만큼 사람들이 명상에 많은 관심을 갖고 있다. 이는 시대의 흐름이고 요구사항이다. 이즈음에서 명상이란 말을 다시 한 번 생각해 보고 정확하게 이해하면 분명 자신의 삶에 도움이 될 것이다. 한 걸음 더 나아가 직접 명상을 공부하여 체험으로 이해할 수 있으면 더할 나위 없이 좋은 일이겠지만, 그러나 누구나 손쉽게 명상공부를 할 수 있는 것은 아니다. 그것은 명상이 좋다는 사실은 대부분 알고 있어도 실행에 옮기기까지는 우리의 몸과 마음이 아직 거기에 익숙해 있지 않기 때문이다. 아무래도 명상을 위한 사회분위기가 좀더 성숙되어야 할 것 같다.

돌아보면 불과 얼마 전까지만 해도 우리는 나라 전체가 먹고사는 일에만 골몰했다. 자신의 존재나 건강은 미처 돌볼 겨를도 없이 오직 경제발전에만 매달려 살아왔다. 요즘 들어 어느 정도 살게 된 뒤에서야 차츰 자신의 존재나 삶의 질을 찾게 되었는데, 그것은 그리 오래되지 않았다. 그러므로 자신의 존재를 찾으려고 고요하게 앉아 있는 것에 아직은 어색하고 서툴다. 또 그동안 너나없이 뛰다시피 살아왔기에 이제 조금 속도를 늦추었다 해도 가쁜 숨이 다 진정되지도 않았다. 그래서 호흡조절과 명상을 하기 위한 마음의 준비시간이 아직은 더 필요한지도 모르겠다.

2. 전통적인 명상

　사실 명상처럼 다양하고 포괄적인 말도 드물다. 어떻게 보면 내용적으로는 거의 비슷비슷한 것 같으면서도 사뭇 다른 의미로 표현되어 헷갈리기 쉽다. 자신이 전문가에게 지도 받으면서 하나하나 직접 체험해 보기 전에는 애매모호하다는 느낌이 들 정도다. 왜냐하면 가르치는 사람마다 제각기 명상의 뜻이 다르고 방법이 다르고 설명이 다르기 때문이다.

　이런 여럿 중에서 어떤 한 가지를 콕 집어서 선택한다는 것은 무척 어려운 일이기도 하고 또 조심스런 일이기도 하다. 그래서 여기서는 명상에 대해 적당히 이것저것 절충하여 말하지 않고 비교적 객관성을 지닌 고전적인 방법을 선택하려고 한다.

　좀더 구체적으로 말하면, 최근에 여기저기서 우후죽순처럼 나타난 여러 명상형태의 신생개념이 아니라, 역사를 지니고 있는 전통적인 명상형태에서 그 기준을 찾으려고 한다. 비록 그것이 좀 어렵다 하더라도 오랫동안 검증되어온 전통적인 명상법이 그래도 가장 확실할 것이라는 판단이 들어서다.

　명상은 주관과 객관이 합일한 경지, 즉 자신의 주관인 정신이 객관의 대상(對象)과 합일(合一)한 것이 명상이다. 한마디로 주객미분(主客未分)의 원형을 유지하는 주객이 둘이 아닌 상태가 명상이다.

우리가 말하는 전통적인 명상방법이라고 할 수 있는 것도 여러 형태다. 그 중에서 사람들에게 친숙한 것 몇 가지만 예로 들면,

「성인(聖人)의 이름을 자기가 부르고 자기가 들으면서 듣는 당체를 의심해 가는 것, 성인의 체(體)인 덕성을 자신의 생각으로 그리는 것, 오직 화두만 붙들고 줄기차게 의심해 나아가는 것, 일사불란하게 진언만 따라 가는 것, 자신의 호흡이나 몸에 대한 관찰을 놓치지 않는 것」 등등이다.

이렇게 형태와 내용이 서로 다른 것 같지만 결국 공부의 과정과 주안점에서는 별 차이가 없다. 다만 자신이 선택한 하나의 주된 공부에 나머지 다른 것은 기초나 도움이 되는 정도의 상호보완, 평등한 관계이지 우열은 아니다. 각자의 근기에 따른 선택만 다르다.

참선에 대한 고인(古人)의 가르침을 보면,

「일어나는 마음, 일어나지 않는 마음 - 이 두 마음은 진실한 마음이 아니니, 이 두 마음을 떠난 마음이 허공을 비춤을 알게 되는 것이 곧 성품을 보는 것(見性)이다. 범부는 둘로 보지만 지혜 있는 자는 이미 성(性)을 보아 세상사를 한 물건도 없는 것으로 요달(了達)해 마친 것이니, 그 성이 둘이 아닌 것을 알고 둘이 없는 성품이 곧 밝은 불성이니라」고 했다. 여기서 호흡법이니 관법이니 하는 여타의 것은 이 참선공부에 기초를 형성하거나 북돋워주는 보완과 상조의 입장에 있음을 보게 된다.

그러나 공부를 지어 가는 것에 대한 이런 설명이 실로 간단치 않기에, 여기서는 방법에 대해서만 간단하게 언급하고 깊이나 내용에 대해서는 말하지 않기로 한다. 왜냐하면 그것은 이론이 아니라 체험이기 때문이고, 글이 갖는 표현의 한계 때문이기도 하다. 그러나 한 가지 분명한 것은 세상의 뜻 깊은 일은 어느 것 하나도 쉽게 이루어지지 않는다는 사실이다. 그처럼 명상 또한 쉽게 되는 일이 아니라는 점을 먼저 알아야 한다. 반드시 그만한 노력을 기울이고 대가를 지불해야 도달할 수 있고 얻을 수 있는 세계이다.

3. 자신과 대상〔對境〕이 둘이 아닌 마음이 명상

자신의 삶을 온전하게 하려면 쪼개고 나누면 안 된다. 명상공부 또한 삶 따로 공부 따로 나누어 가면 안 된다. 일상사의 삶 모두가 명상이어야 한다. 즉 삶이 명상이고 명상이 곧 삶이어야 한다. 어떠한 이유로도 삶을 조각조각 나누거나 훼손시켜서는 안 되기에 삶과 명상도 결코 나뉘어질 수 없다. 그러므로 명상을 통해 인생을 더욱 온전히 해야 하는데 그렇지 못하고 오히려 명상으로 말미암아 인생이 복잡해지거나 나뉘는 일이 생기면 폐단만 한 가지 더 보탤 뿐이다. 그것은 자신의 인생을 훼손하지 않고 원형을 고스란히 간직하는 것과는 매우 거리가 멀다.

즉 있는 그대로의 인생을 대하고 유지하기 위해서는 분석이 아닌 직관으로 비로소 가능하게 된다. 그렇게 되었을 때

명상을 통해 인생은 전성적(全性的)으로 이해되어 모든 것이 온전해지는 것이다. 이렇게 보면 삶 전체를 명상으로 보는 관점이 얼마나 중요한 것인가를 새삼 깨닫게 된다. 그것은 일상(日常)에 대한 생각의 순수함, 삶의 청정함을 말한다. 또한 그것은 진정한 인간성의 회복을 의미한다. 이렇듯 일상생활 모두가 명상이라는 사실에 대한 착안과 이해와 실천이야말로 명상을 통한 삶의 획기적인 변혁을 이뤄준다.

여기서 잘 알아야 할 점은 명상에 대한 공부를 따로 한다 해도 그 실제는 어디까지나 현실생활에서 얻는다는 점이다. 이점은 구체적인 예를 들지 않아도 누구나 알고 느끼는 상식이다. 즉 명상에 대한 공부는 결과적으로 현실생활을 더욱 충실히 하기 위한 과정에 지나지 않는다는 말이다. 그러므로 우리는 일상 명상을 통해 무슨 일을 하든, 누구를 만나든 항상 깨끗하여 명랑하고 상쾌해야 한다. 이러한 때에 이르러서야 비로소 현실의 삶은 온전해졌다고 말할 수 있을 것이다.

또 전문적인 명상공부를 따로 하지 않아도 일상적인 삶의 순수하고 성실한 몰입을 통해 명상을 얻을 수도 있고 익힐 수도 있다. 쉽게 말하자면 성실한 삶이 곧 명상이라는 뜻이다. 물론 단순히 일상에 대한 몰입만으로는 전통적이고 전문적인 명상의 세계에 도달하지는 못한다고 말할 수도 있을 것이다.

4. 성실한 삶, 그 자체가 명상

사람은 어릴 때부터 엄격한 교육을 통하여 자기를 극복하는 훈련을 해야 한다. 이것이 모든 일의 근본이 된다. 역시 명상공부에 있어서도 자기 극복이 우선이며 기본이다. 그러므로 자기 극복의지가 없거나 약하면 명상은 불가능하다. 자기 극복이라는 마음 조절 능력은 어느 날 갑자기 이루어지지 않는다. 오랜 시간 단련해야 조금씩 커지고 단단해진다.

자기 극복은 보이지 않는 마음을 대상으로 하기에 다잡아서 수련하기가 여간 어려운 것이 아니다. 그러나 제멋대로인 마음을 다스리는 데는 이 길 외에 다른 지름길은 없다. 그러므로 자기 극복이 아무리 어려워도 명상을 이루기 위해서는 반드시 갖추어야 할 기본바탕이다.

이 말은 불교에서 '선정(禪定)에 들기 위해서는 반드시 계를 지켜야 한다' 는 말과 같다. 생활 자체가 안온한 명상이 되기 위해서는 감정의 절제를 통한 생활의 질서(戒)가 필수다. 마치 진정한 자유를 얻기 위해서는 스스로 구속으로 들어가는 것과 같다. 방임 속에서 자유는 없기 때문이다. 오직 구속 안에서 자유를 얻을 수 있어야 그것이 참된 자유라고 말할 수 있는 것이다.

이런 입장에서 우리가 진지하게 생각해 봐야 할 것은, 일상생활이 명상이 되어야 한다는 대원칙이 없는 요즘 유행하고 있는 명상형태들은 하나의 사치이고, 치장일 수 있으며, 또 잠깐의 휴식에 지나지 않을 수도 있다.

성실한 삶이 명상이라는 일상 명상은 전문명상에 비해

깊이가 다르고 폭이 다르며 일시적이라고 전문가들은 말할지도 모르겠다. 설령 그렇다 해도 삶 속에서 바로 명상을 체험할 수 있다는 것, 그것이 인생의 큰 힘이 된다는 것을 우리는 부정할 수는 없는 일이다. 그러므로 사회적인 성공은 얼마만큼 자신의 삶에 몰입할 수 있는 지속적인 명상의 힘이 있느냐, 없느냐에 달려 있다고 본다.

더 쉽게 말하자면 청춘남녀의 열렬한 사랑이라든지, 운동선수가 운동에 몰두하거나, 예술가가 예술에 빠져들 경우, 또 기사(棋士)가 바둑에 몰입하거나, 과학자가 연구에 빠져들 때, 아니면 사업가가 일에 빠져든 상태, 또는 독서 등 취미에 빠졌거나, 그 무엇에든지 자기 분야에 빠져서 나뉘어지지 않는 주객의 합일된 정신상태를 이루면 명상이라고 말할 수 있을 것이다. 다만 지속성과 순수성의 문제가 명상의 질과 수준을 결정해 줄 뿐이다.

평범한 우리 인생살이에서도 자기가 맡은 분야에 정성을 기울여 최선을 다하는 것, 무슨 일이든지 매사에 열심인 것도 하나의 명상이다. 이런 상태가 자주, 오랫동안 지속되어야만 자신의 능력이 드러난다. 이른바 앞에서 언급한 사회적인 성공을 이룰 수 있다는 말이다. 우리는 인류의 모든 문명 발달의 기저에는 이와 같은 명상이 반드시 자리하고 있다는 사실을 어렵지 않게 볼 수 있다. 단지 과거에는 명상이라는 말을 쓸 줄 몰랐지만 명상에 관심을 갖게 된 오늘날 현대인들은 그것을 노동명상, 독서명상, 놀이명상, 예술명상 등 여러 가지 '생활명상'의 친근한 이름으로 부른다. 다만 여기서는 명상의 동기와 목적, 방법에 따르는 여러 문제는 거론치 않기로 한다.

　그러나 정신과 대상의 합일된 상태라고 해도, 약물이나 특수한 방법으로 자신의 정신을 혼절시키거나 빼앗기는 것, 강제로 이탈시키거나, 혼탁하게 하는 경우와는 아주 다르다. 명상은 오직 자신의 의지와 주체적인 노력에 의해서 대상과 둘이 아닌 상태에 머물렀을 때다. 이런 경우만 안심(安心)이나 평화, 곧 삼매(三昧)라고 말할 수 있다. 반대로 자신의 정신과 대상이 주관과 객관으로 분리되면 상대적이라고 말할 수밖에 없고, 이렇게 주객(主客)이 상대적으로 나뉘어져 분산된 상태에서 일으키는 생각은 번뇌망상일 뿐이다.

5. 인생은 명상이다

　사람의 정신은 일을 할 때나 사람을 만날 때나 어느 때든지 온전[대상과 합일]해야 한다. 온전하지 못하고 두 마음을 가지게 되면 정신이 나뉘어진 것, 즉 명상에 이르렀다고 말하지 못한다. 그러니까 사람에도 일에도 사물에도, 그 대경(對境)을 의심하지 않는다고 하는 것은 정신이 합일된 상태로 가고 있음을 가리킨다. 그런 과정은 이미 명상이 이루어지고 있는 상태다.

　사람이 대상에 대해서 조금도 의심이 없다는 것〔合一〕은 정신의 온전함과 성숙을 뜻한다. 즉 정신이 건강해야 모든 대상을 온전하게 볼 수 있고 바로 대할 수 있다는 말이다. 명상자는 상대가 부족하다는 생각이나 못났다는 생각이나 중생이라는 생각을 결코 하지 않는다. 우리 자신이 상대와 합일되지 못하면, 곧 자신의 우월감에 빠져 교만해지고 불화와 투쟁, 대립을 불러온다.

그렇다고 그 합일이 맹목적이거나 맹신적이지도 않다. 다만 대상을 마주함에 자신의 정신을 온전히 할 뿐이다. 주객을 분리시켜 관계를 이탈시키거나 악화시키지 않는다는 뜻이지, 남을 무조건 믿고 속으라는 게 아니고, 또 적당히 넘어가라는 말도 아니다. 언제 어디서나 명상으로 정신을 온전히 하여 사물을 있는 그대로 봄으로써 주객자타(主客自他)의 연기적(緣起的) 일체성을 직시하라는 뜻이다.

만약 정신과 그 대상이 분리되면 대립이 생기며 갈등과 투쟁으로 나아간다. 그래서 오늘날 개인의 소외감이나 국가 간의 날카로운 대립은 참다운 명상문화가 없기 때문이라고 한다. 따라서 평화의 원리를 명상에서 얻어야 한다는 주장이 서서히 고개를 들고 있는 것이다.

그동안 세계는 근원적인 철학 없이 오직 눈에 보이는 물리적인 힘만으로 모든 문제를 해결하려고 하지 않았던가? 그 결과 점점 더 물리적인 힘에만 의존하게 되는 치열한 생존경쟁의 악순환에 빠져 온 것, 그것이 우리의 현실이 아닌가. 힘(暴力)만이 존재하고 폭력의 논리만 대의명분으로서 확대 재생산 되어온 인류발전사 – 그러기에 명상은 인류의 미래생존문화가 아니겠는가.

6. 명상언어는 명상의 연결고리

　　명상언어는 거울이다. 명상언어를 통해서 자신의 진실
한 모습을 바라볼 수 있기 때문이다. 대개의 사람들은 부족을
느끼면 그 자리에서 부끄러워하고 잘못을 느끼면 바로 뉘우
친다. 단지 표현할 수도 있고 안 할 수도 있을 뿐이다. 이런
마음은 누구나 가지고 있는 평범한 마음이다. 흔히 지하철을
타고 가다가도 감명 깊은 글 한 줄을 읽게 되면 그것으로 자
신의 내면을 떠올리고 자신의 행을 비추어 본다. 그 짧은 순
간, 글 한 줄과 자신은 합일되는 것이다. 그 한 줄의 글은 바
로 자신을 명상으로 이끄는 연결고리가 된다. 이른바 자신을
비추는 거울인 명상언어다.

　　사실 글 한 줄뿐이 아니다. 어떤 사물이나 사건에서도 자
신을 떠올려 합일시켜 본다면 그 또한 명상고리이고 명상의
상태를 유지하는 것이다. 그러므로 명상은 움직이는 것도 아
니지만 반드시 고요한 것만도 아니다. 무엇으로 고정되어 있
지 않고 어디까지나 순수하게 합일된 정신작용이다. 반성하고
다짐하고 기뻐하고 슬퍼하는 그 모든 것이 명상이고 명상에서
얻어진 결과이다. 그래서 합일된 정신작용만 늘 살아 있으면
명상언어가 따로 정해져 있는 것이 아니다. 감지되는 모든 것
이 명상언어이고 그러므로 순간 순간이 명상의 연속이다.

　　이 말은 명상은 특정한 시간이나 장소에만 한정되어 있
지 않다는 뜻이다. 오로지 명상은 주객의 합일을 말하고 있
다. 또 그것은 시간의 장단(長短)에도 관계 없고 일의 많고 적
음에도 관계 없다. 아주 짧은 시간에 여러 가지를 생각한다

해도〔그것은 번뇌가 아님〕 그 한 가지마다 매순간 온전하기만
하면 명상이다. '백천삼매가 순식간에 이루어진다(百千三昧頓
熏修)'고 했으니 더 군말이 필요 없겠다.

7. 모두가 명상언어

사람은 자신의 정신과 대상의 합일을 통해 진실한 자기
를 깨닫고 진실한 세계를 만난다. 바로 명상의 힘이다. 여기에
는 사람의 그 어떤 외형적인 신분의 차이도 영향을 끼칠 수 없
다. 다만 얼마만큼 깊은 명상에 이르렀느냐 하는 명상의 성숙
도만 차이가 날 뿐이다. 그래서 정신작용이 나타나는 모든 곳
에서 명상은 성취되는 것이다. 다만 명상의 연결고리인 명상
언어가 자신의 정신수준에 잘 부합하는 말(언어)일 수도 있고,
글(문장)일 수도 있으며, 또 그밖에 다른 무엇일 수도 있다.

그러니까 명상의 연결고리는 무엇으로 딱 고정되어 있지
않다. 다만 진지하고 정성스러운 마음으로 대상을 자세히 들
여다보기만 하면 모두가 중요한 명상의 연결고리, 곧 명상언
어가 되는 것이다. 설령 좋은 말이 아닌 자신에게 쏟아지는 비
난이나 욕이라고 하더라도 대립 없이 순수하게만 받아들이면
곧바로 자신을 성숙시키는 좋은 명상언어가 된다. 비난이나
욕설은 또 다른 각도에서 자신을 비추는 좋은 거울이 되기에.
그래서 자신의 정신이 접하는 모든 대상〔對境〕은 하나도 버릴
것이 없는 명상언어다. 일상이 곧바로 명상이 되는 경지다.

8. 명상은 회광반조(廻光返照)다

다만 대상(사람, 사건, 사물)의 본질을 자신의 내부로 받아들이기만 하면 깊은 명상이 된다. 즉 글 한 구절을 읽고 음미하면서 자신을 자세하게 비추어 보면 명상이고, 이미 읽었던 글이라고 해도 과거에 느끼지 못했던 새로운 느낌을 받게 된다면 이 또한 좋은 명상이다. 이런 모든 과정을 '명상언어를 통해 명상에 들어간다'고 말하며 또 '명상언어를 자기화한다'고 말한다. 그렇지만 자기화하는 과정은 각양각색이다. 뉘우침과 다짐도 있고 기쁨과 슬픔도 있으니. 결론적으로 이런 모든 것이 주객합일의 정신작용인 명상이다. 말하자면 명상은 회광반조이고 내외명철(內外明徹)이다. 그래서 명상언어〔정신이 접하는 모든 대상〕는 자신을 비추는 거울이 되는 것이다. 지혜로운 사람은 거울에 비친 자신의 모습을 보고 솔직하게 그대로를 받아들여 자신을 향상시킨다. 그러므로 명상을 자주 할수록 내면은 깊어지고 빛나는 것이며 자신의 덕성은 저절로 넘치게 되므로 향상일로(向上一路)를 따로 구하지 않아도 자연히 향상일로를 걷게 된다. 마침내 끝없이 '열린 마음'으로, '웰빙(well being)'으로, '열반행로(涅槃行路)'를 가게 되는 것, 모두를 회통(會通)한 명상이다. 그래서 인생은 더더욱 명상일 수밖에 없다.

2005년 1월
〈종이거울자주보기〉 운동본부

<종이거울 자주보기> 운동을 시작하며

유·리·거·울·은·내·몸·을·비·춰·주·고
종·이·거·울·은·내·마·음·을·비·춰·준·다

<종이거울 자주보기>는 우리 국민 모두가 한 달에 책 한 권 이상 읽기를 목표로 정한 새로운 범국민 독서운동입니다.

국민 각자의 책읽기를 통해 우리 나라가 정신적으로도 선진국이 되고 모범국가가 되어 인류 사회의 평화와 발전에 기여하기를 바라는 마음으로 이 운동을 펼쳐 가고자 합니다.

인간의 성숙 없이는 그 어떠한 인류 행복이나 평화도 기대할 수 없고 이루어지지도 않는다는 엄연한 사실을 깨닫고, 오직 개개인의 자각을 통한 성숙만이 인류의 희망이고 행복을 이루는 길이라는 것을 믿기 때문입니다.

이에, 우선 우리 전 국민의 책읽기로 국민 각자의 자각과 성숙을 이루고자 <종이거울 자주보기> 운동을 시작합니다.

이 글을 대하는 분들께서는 저희들의 이 뜻이 안으로는 자신을 위하고 크게는 나라와 인류를 위하는 일임을 생각하시어, 흔쾌히 동참 동행해 주시기를 간절히 바랍니다. 감사합니다.

2003년 5월 1일

공동대표 : 조홍식 이시우 황명숙

〈종이거울 자주보기〉 운동의 회원이 되려면

① 먼저 〈종이거울 자주보기〉 운동 가입신청서를 제출합니다.

② 매월 회비 10,000원을 냅니다.(1년 또는 몇 달 분을 한꺼번에 내셔도 됩니다.)
　　국민은행 245-01-0039-101(예금주: 김인현)

③ 때때로 특별회비를 냅니다. 자신이나 집안의 경사 및 기념일을 맞아 희사
　　금을 내시면, 그 돈으로 책을 구하기 어려운 특별한 분들에게 책을 증정하
　　여 〈종이거울 자주보기〉 운동을 폭넓게 펼쳐 갑니다.

〈종이거울 자주보기〉 운동의 회원이 되면

① 회원은 매월 책 한 권 이상 읽습니다.

② 매월 책값(회비)에 관계없이 좋은 책, 한 권씩을 귀댁으로 보냅니다.(회원은
　　그 달에 읽을 책을 집에서 받게 됩니다.)

③ 저자의 출판기념 강연회와 사인회에 초대합니다.

④ 지인이나 친지, 또는 특정한 곳에 동종의 책을 10권 이상 구입하여 보낼 경
　　우 특전을 받습니다.(평소 선물할 일이 있으면 가급적 책으로 하고, 이웃이
　　나 친지들에게도 책 선물을 적극 권합니다.)

⑤ '도서출판 종이거울' 및 유관기관이 주최 주관하는 문화행사에 초대합니다.

⑥ 책을 구하기 어려운 곳에 자주, 기쁜 마음으로 책을 증정합니다.

⑦ 〈종이거울 자주보기〉 운동의 홍보위원을 자담합니다.

⑧ 집의 벽, 한 면은 책으로 장엄합니다.